D0465919

Catalogage avant publication de Bibliothèque et Archives nationales
du Québec et Bibliothèque et Archives Canada

Pelletier, Josée, 1964-

Mes parents sont gentils mais... tellement bornés!

(Mes parents sont gentils mais...; 10)
Pour les jeunes de 10 ans et plus.

ISBN 978-2-89591-086-2

I. Rousseau, May, 1957-   . II. Titre. III. Collection: Mes parents
sont gentils mais...; 10.

PS8581.E398M47 2009   jC843'.6   C2009-940684-5
PS9581.E398M47 2009

Correction et révision: Annie Pronovost

Tous droits réservés
Dépôts légaux: 3e trimestre 2009
Bibliothèque nationale du Québec
Bibliothèque nationale du Canada

ISBN : 978-2-89591-086-2

Les éditions FouLire reconnaissent l'aide financière du gouvernement
du Canada par l'entremise du Programme d'aide au développement de
l'industrie de l'édition (PADIÉ) pour leurs activités d'édition. Elles remercient
la Société de développement des entreprises culturelles du Québec (SODEC)
pour son aide à l'édition et à la promotion.

Gouvernement du Québec – Programme de crédit d'impôt pour l'édition
de livres – gestion SODEC.

Les éditions FouLire remercient également le Conseil des Arts du Canada
de l'aide accordée à leur programme de publication.

100%

Imprimé avec de l'encre végétale sur du papier Rolland Enviro 100, contenant 100%
de fibres recyclées postconsommation, certifié Éco-Logo, procédé sans chlore et
fabriqué à partir d'énergie biogaz.

IMPRIMÉ AU CANADA/PRINTED IN CANADA

JOSÉE PELLETIER

Mes parents sont gentils mais...

TELLEMENT
BORNÉS !

Illustrations
May Rousseau

Roman

À Olivier,
qui m'a inspiré le personnage d'Antoine,
capable de changer son fusil d'épaule.

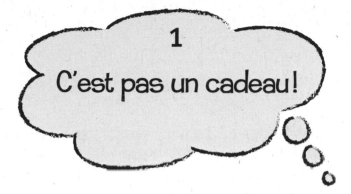

1
C'est pas un cadeau !

Un samedi matin du mois d'avril, je paresse dans mon lit. J'ai vraiment envie de me rendormir et de me lever plus tard. Beaucoup plus tard. Hier, maman m'a demandé de nettoyer ma chambre dès mon réveil. C'est vrai que c'est un peu à l'envers...

– Un peu à l'envers ? s'est-elle écriée. Un peu à l'envers ? A-t-elle répété plus fort, comme si j'étais soudainement devenue dure d'oreille.

Il faut avouer que ma chambre a besoin d'un bon coup de balai. Mais avant, je dois ramasser tout ce qui jonche le sol.

– Range ce qu'il y a sur ta commode et sur ton pupitre. N'oublie pas ta bibliothèque : juste à côté de tes livres, il y a une paire de bas sales…

Je suis certaine que quelqu'un, mon frère ou mon amie Mimi, y est pour quelque chose. Je n'aurais jamais mis une paire de chaussettes sales dans ma bibliothèque. Quoique…

Pourquoi faudrait-il que je fasse le ménage de ma chambre un samedi matin ? Ah oui ! Parce que j'aurai ensuite la permission de voir mes amies durant l'après-midi. J'irai les rencontrer chez Marie-Joëlle. Nous avons prévu de jouer à des jeux vidéo. Chez elle, il y a une console Wii et on s'amuse vraiment bien. Chez Mimi, c'est encore mieux. On peut sautiller sur un tapis au rythme de la musique ou se prendre pour James Hetfield, le guitariste de Metallica, en jouant au *Héros de la guitare* sur son PlayStation. Il est rare que mes amies viennent chez moi, car il n'y a rien à faire. Sauf... du ménage!

J'aimerais bien que mes parents m'achètent des jeux électroniques, mais ils sont persuadés que c'est une perte de temps. J'ai beau tout essayer, faire la mignonne et récolter de bons résultats à l'école, par exemple, il n'y a rien à faire: ils ont la tête dure comme du roc.

Parfois, ils ont de drôles de convictions. Il y a quelques années, ma mère nous avait inscrits, mon frère jumeau et moi, à des cours à l'aréna. Simon suivait ceux de hockey, et moi, ceux de patinage artistique. Bientôt, mon frère a commencé à disputer des joutes, mes parents m'y emmenaient. Ils encourageaient l'équipe, criaient de joie lorsqu'elle gagnait, et applaudissaient haut et fort les buts de Simon. Quand ils venaient me voir pirouetter, ils avaient l'air de s'ennuyer mortellement. Moi, je trouvais beaucoup plus amusant de jouer au hockey que de valser avec des patins blancs.

Dans l'équipe de mon frère, il y avait deux filles. Dès que je les ai aperçues, j'ai demandé à mon père si moi aussi je pouvais jouer au hockey.

– Le hockey, c'est pour les gars, m'a-t-il dit sur un ton catégorique.

– C'est un sport beaucoup trop physique pour toi, a renchéri maman. J'ai peur que tu te blesses.

Elle me laisse quand même jouer dans la rue avec Simon et ses amis. Je me défends bien et je suis une solide adversaire.

Pour mes neuf ans, j'avais demandé un bâton de hockey. Comme j'ai été déçue de recevoir une jupette de patinage artistique ! Ce jour-là, j'ai tempêté :

– Vous m'inscrivez au hockey, sinon je ne patine plus du tout !

Je me suis fait prendre à mon propre jeu : je ne suis plus retournée à l'aréna. Ma mère m'a inscrite aux cours de ballet dans le but de me faire oublier les patins. Je me sentais ridicule dans mon maillot rose, mes collants blancs et mes chaussons de danse. Après une saison, la professeure s'est entretenue avec ma mère :

– Sophie n'a pas l'air d'aimer danser... Elle n'a pas de rythme et...

– Mais elle peut faire des efforts pour apprendre, a répliqué maman.

– Oui, mais elle ne semble pas vouloir vraiment... Elle manque aussi d'élégance...

– Ça aussi, Sophie peut l'apprendre.

– Oui, mais… elle n'arrive pas non plus à se souvenir des enchaînements. Quand le groupe va à gauche, Sophie s'élance vers la droite. Quand il faut lever le bras droit, elle lève le gauche.

– Placez-la à l'arrière, elle pourra suivre ses compagnes.

– Elle est déjà à l'arrière.

– Oh!

Au fond, si je n'y mettais pas d'effort, c'est parce que je détestais cette activité. Au spectacle de fin d'année, mes parents se sont rendus à l'évidence: je ne serai jamais ballerine.

À l'automne suivant, j'ai supplié mes parents de m'inscrire au hockey, comme Simon.

– Tu es trop chétive! a rouspété mon père.

– C'est vrai que tu as une ossature délicate, a ajouté maman. J'ai peur que tu te casses un bras, une cheville ou je ne sais quoi.

C'est ainsi que je me suis retrouvée en classe de gymnastique. Après le premier cours, notre entraîneur a annoncé aux parents que c'était la dernière fois qu'ils pouvaient y assister, qu'à l'avenir, le gymnase était réservé aux participants. Il disait que leur présence pouvait nuire à notre concentration. J'étais bien d'accord. Lors de ma première tentative pour faire la culbute, j'ai vu ma mère porter les mains à son visage afin de camoufler son désespoir. J'ai tourné en rond et je suis revenue à mon point de départ. Et ce, avec toute la grâce d'un béluga. Il était clair qu'elle avait honte. J'ai promis que lorsqu'elle me reverrait en action, j'aurais fait d'énormes progrès pour qu'elle soit fière de moi, comme elle l'est quand elle voit mon frère compter un but au hockey.

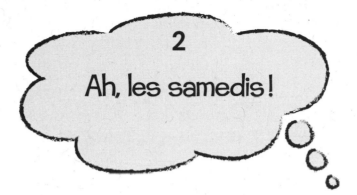

2

Ah, les samedis !

– Sophie, lève-toi !

Maman vient d'entrer dans ma chambre en coup de vent. Zut ! J'ai dû me rendormir. Je regarde l'heure : ouf ! il n'est que 9 heures. J'ai sûrement le temps de faire le ménage de ma chambre avant d'aller chez Marie-Joëlle.

– Non, mais quel désordre ! soupire ma mère en se penchant pour ramasser deux ou trois vêtements. Allez, lève-toi ! Je veux que tu commences par nettoyer ta chambre et ensuite, j'aimerais que tu m'aides à passer l'aspirateur.

– Et Simon, il ne pourrait pas nous aider?

– Ton père lui a demandé de l'aider à installer les pneus d'été sur la voiture. Ensuite, ils râtelleront la pelouse.

Bien sûr, nous, les filles, nous devons faire le sale boulot. Aujourd'hui, ce sera la première chaude journée du printemps. Pourquoi les gars héritent-ils des travaux extérieurs tandis que nous devons nous terrer dans la maison? Ce serait bien si maman et moi pouvions laver la voiture alors que Simon passerait l'aspirateur et que papa époussetterait les trophées de hockey de son cher fils, placés en évidence dans le salon! Bien sûr, il y a des photos de moi en tutu ou en costume de patineuse, mais les trophées de mon frère les cachent fière-ment. Maman m'a promis d'ajouter une photo de moi qu'elle prendra lors de la prochaine représentation de gymnastique. Le problème, c'est que je risque de ne pas être vêtue comme une gymnaste... J'enfilerai probablement un costume de bouffon.

Je m'explique: en septembre dernier, j'ai participé à une journée d'acrobaties lors d'un camp de gymnastique. J'ai été attirée par le volet jonglerie et clownerie. Pour une fois, je me sentais à l'aise. En plus, le moniteur a décelé chez moi des aptitudes innées. Il m'a donné une lettre destinée à mes parents, qu'ils devaient signer pour m'autoriser à suivre ce cours plutôt que celui de gymnastique. Ce soir-là, à l'heure du souper, j'ai tenté d'aborder le sujet.

– Il y avait un clown à notre cours aujourd'hui.

Papa a ri.

– Un clown? On fait venir des clowns pour amuser des jeunes de première secondaire, maintenant?

Voyons, quelle sorte de cours suis-tu ?
Les clowns, c'est juste bon pour amuser
les enfants ! Non, mais... un clown !
Franchement ! À votre âge !

Je me suis fermée comme une
huître et j'ai préféré ne pas parler de
l'option à laquelle je voulais m'inscrire.
J'ai imité la signature de mes parents
et, à leur insu, je me suis retrouvée
dans la classe de cirque.

– Alors, tu te lèves ? insiste ma mère.

Dure, dure, la réalité ! Mes souvenirs
s'évadent en même temps que je
repousse mes couvertures. Je prends
une longue inspiration, puis je grimace
un sourire.

– Oui, maman. Est-ce que j'ai le temps de déjeuner ?

– Fais vite ! Tu es en retard.

Des fois, je me demande si vivre chez moi est un travail. Pourquoi suis-je donc en retard ? Ah oui ! Maman a un horaire serré le samedi : ménage de 9 heures à 11 heures, 45 minutes pour aller faire l'épicerie, puis elle prépare le dîner. Et elle affirme être en congé ! Nous ne donnons vraiment pas le même sens à ce mot.

– Cet après-midi, tu m'aideras à laver les vitres. Depuis le temps que tu veux faire du travail à l'extérieur, comme ton frère. Il fait beau, c'est l'idéal.

– Mais... Maman ! Pas aujourd'hui !

– Pourquoi, pas aujourd'hui ?

– Parce que c'est samedi et je voudrais en profiter pour être avec mes amies.

– Quand j'étais petite, je ne rouspétais pas quand ma mère avait besoin d'un coup de main. Le problème avec vous, les jeunes, c'est que nous devons nous mettre à genoux pour vous demander de l'aide. Comme si tout vous était dû.

Est-ce qu'ils m'ont mise au monde pour être leur esclave ? Dans la Déclaration des droits de la personne, y a-t-il un article qui stipule que les enfants peuvent légalement refuser de laver les vitres, une journée où il fait trop beau ? Ah ! Si je revendique mes droits, maman me parlera sûrement des enfants dans les pays en voie de développement, qui doivent parcourir des kilomètres à pied pour aller chercher de l'eau ; ou encore des enfants en Asie qui travaillent dans des usines de vêtements pour subvenir aux besoins de leur famille. Je crois qu'il est dans mon intérêt de laver les fenêtres afin d'éviter les grands sermons de ma mère.

3
Quelle partie de hockey !

Les fenêtres de la maison sont propres, maman et moi avons terminé l'époussetage et avons passé l'aspirateur, la vaisselle du dîner est nettoyée et je me trouve face à un dilemme : aller chez Marie-Joëlle ou me joindre aux amis de mon frère qui organisent une partie de hockey dans la rue.

– Allez, Sophie, viens jouer avec nous ! insiste Simon. Si tu es là, nous serons un chiffre pair et ce sera plus facile de faire les équipes.

Il n'en faut pas plus pour que je me décide. D'ailleurs, il fait trop beau pour rester dans le sous-sol de Marie-Joëlle.

Dehors, je rencontre la bande habituelle. Il y a un seul joueur que je ne connais pas. Dès qu'il m'aperçoit, il se métamorphose en statue. C'est simple, on dirait qu'il n'a jamais vu une fille. Sa bouche est négligemment ouverte, et c'est tout juste s'il retient un filet de bave qui semble vouloir s'en échapper. Enfin, il balbutie :

— Elle va jouer avec nous ?

Je le déteste déjà. Mon frère tente de rassurer son ami, mais ce dernier reste sceptique. Cet inconnu va voir de quel bois je me chauffe ! Nous séparons les équipes et il est évident qu'Antoine (c'est comme ça qu'il s'appelle) ne veut pas être dans la mienne.

— Nan ! Avec une fille, c'est sûr que vous allez perdre.

Dès le début de la partie, je ne m'en laisse pas imposer. Je joue mon honneur et l'orgueil devient mon allié. Il ne se passe pas une minute avant que je marque le premier point.

— Tu es juste chanceuse, grogne Antoine pendant que mes coéquipiers me félicitent.

Alors qu'il me tourne le dos, je lui tire la langue. Gna! Je ne me suis jamais autant défoncée lors d'une partie de hockey. Je ne rate pas une passe, ni un tir. D'ailleurs, je compte à deux autres reprises. Finalement, nous perdons la partie par un seul point. Alors que nous reprenons notre souffle et buvons un peu d'eau, Antoine me rejoint. Il se racle la gorge et dit:

— J'ai parlé un peu trop vite: une fille peut être un boulet dans une équipe de hockey, mais pas une Sophie.

— Eheu!

J'ai failli m'étouffer avec ma gorgée d'eau. Ouf! Un peu plus et monsieur Macho allait avouer qu'une fille peut être meilleure que lui. En fait, il n'a compté aucun but, lui! La prochaine fois, je suis certaine qu'il voudra être dans la même équipe que moi. Je n'ai pas le temps de ramasser ma mâchoire, qui est tombée au niveau de mes genoux tant je suis bouche bée, que maman m'appelle:

– Sophie!

Elle vient vers nous, mais je me hâte de la rejoindre pour éviter qu'on entende ce qu'elle aura à me dire. Trop tard!

– Il faudrait que tu prennes du temps pour terminer la courtepointe que tu veux offrir à grand-maman pour la fête des Mères.

Dernièrement, mon aïeule a fait le souhait d'avoir une courtepointe avec des tissus qui lui rappelleraient sa vie. Un morceau de sa robe de première communion, un autre de la nappe (oui, oui, une nappe!) qui faisait partie de son trousseau de mariage, un autre d'une doudou d'un de ses enfants... Bref, le projet est des plus amusants et j'en apprends sur la vie de ma mamie. Sauf que...

– On aura tout vu : un joueur de hockey qui coud! s'exclame Antoine, ironique.

Je lève les yeux au ciel et pousse un soupir d'exaspération. En marchant vers la maison en compagnie de maman, je demande :

– Et pourquoi c'est Simon et moi qui allons offrir ce présent à grand-maman s'il ne participe pas?

– Mamie n'est pas obligée de savoir.

Mon frère recevra des éloges pour la courtepointe alors qu'il n'aura pas mis la main à la pâte? J'ai vraiment le goût de me rebeller!

– Allez, fait maman avec un grand sourire. Arrête de courir après une balle et viens faire quelque chose de plus…

– Féminin ?

– … utile, tranche-t-elle avec de gros yeux.

Je rentre donc, le dos légèrement voûté. J'aurais dû aller chez Marie-Joëlle. Ma mère ne serait pas venue me chercher là pour que je vienne coudre. Elle n'aime pas beaucoup me voir jouer avec des garçons et trouve souvent un prétexte pour me faire abandonner mes amis. Hum ! Mes amis… C'est vite dit ! Me faire ridiculiser par Antoine est inacceptable. Je n'ai pas besoin d'un ami comme lui ! À bien y penser, il me fera un très bon ennemi.

– Si on faisait griller de la viande sur le barbecue, pour souper ? suggère mon père lorsque ma mère et moi entrons dans la maison.

Je m'exclame aussitôt :

– Bonne idée !

Nous n'en avons pas mangé depuis l'automne dernier. En cuisinant à l'extérieur, nous officialiserons donc la première belle journée du printemps.

Maman est agacée : elle doit retourner à l'épicerie. Elle me suggère de l'accompagner, sans doute par crainte que je retourne jouer au hockey. J'accepte illico : c'est une bonne raison pour ne pas coudre.

Ce que je ne comprends pas du barbecue, c'est que mon père affirme que c'est une affaire d'homme. Moi, je n'en suis pas certaine. D'abord, maman et moi sommes allées acheter des filets de porc et des légumes. Ensuite, nous avons préparé la marinade. Nous avons coupé les haricots, les carottes, les oignons rouges et les courgettes. Après,

29

nous avons brossé les pommes de terre. À l'aide de papier aluminium, nous avons fait quatre baluchons de légumes arrosés d'huile d'olive et saupoudrés de fines herbes. J'ai lavé la laitue pendant que maman tranchait des tomates et des concombres. Je l'ai aidée à faire la vinaigrette. J'ai mis les couverts sur la table, et j'ai décidé de faire de la limonade pendant que maman préparait un pouding chômeur.

Quand est venu le temps de faire cuire la viande, papa a pris sa grosse voix pour nous impressionner :

– Éloignez-vous, les p'tites dames, l'homme de la maison s'occupe de tout.

De tout ? Pfff ! Devinez qui a fait la vaisselle, en plus ? Une affaire d'homme. Vraiment ?

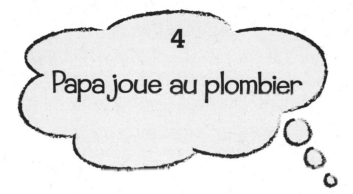

4
Papa joue au plombier

Après souper, comme d'habitude, papa et maman vont marcher.

C'est bon pour la digestion, prétend mon père.

Beau temps, mauvais temps, ils partent dès que la vaisselle est lavée. Mon frère est chez un ami et je me retrouve seule pour quelques instants. J'en profite pour répéter mon numéro de cirque. Depuis quelque temps, je suis capable de jongler avec cinq balles. Ça m'amuse vraiment.

Mes parents reviennent un peu plus tard. J'ai eu le temps de camoufler mes balles. Ils rapportent deux films qu'ils ont loués. Curieuse, je demande :

– C'est quoi ?

– *Une histoire de guerre*, annonce fièrement mon père.

Je jubile : les films de guerre sont mes préférés. J'aime les tranches d'histoire qui sont insérées dans les dialogues, le suspense qui nous tient en haleine et le courage des personnages.

– Et pour toi et moi, j'ai loué le film *Pyjama party*, m'annonce maman.

Oh non ! Pas encore ce genre de film où il se passe toujours la même chose ! Une bande de filles parfaites parlent contre une élève de leur école. Cette dernière est ignorée par tout le monde, mais elle possède de si belles qualités que le roi du bal de fin d'année l'invite et elle sera couronnée reine.

Les méchantes boudent, sauf une qui fond en larmes en s'exclamant: «Je le savais!» pendant que tous les gars sont en pâmoison devant la reine de la promotion.

– Qu'est-ce que j'entends? demande papa.

Je tends l'oreille, mais je ne perçois rien. À grandes enjambées, mon père se dirige vers la cuisine. Curieuses, nous le suivons.

– Ah! C'est le robinet! Il était mal fermé.

Il tourne la poignée, mais rien n'y fait: l'eau continue à dégoutter.

– Mmmm! fait-il, songeur. Sophie, va chercher mon coffre à outils.

J'obéis et reviens dans le temps de le dire.

– Je crois que c'est seulement une rondelle de caoutchouc du clapet qui est usée.

Il coupe l'arrivée de l'eau sous l'évier puis entreprend de démonter le robinet. Ce que j'aime chez mon père, c'est sa très grande débrouillardise.

Simon entre en coup de vent avec son ami et s'informe de notre emploi du temps. Je lui annonce que nos parents ont loué des films. Il s'empare des pochettes laissées sur la table de la cuisine.

– Oh! Il y a longtemps que je veux voir ce film!

Il est évident qu'il ne s'exclame pas devant le film que maman a prévu de regarder avec moi.

– Antoine est avec moi, est-ce qu'il peut rester pour voir *Une histoire de guerre*?

Papa grommelle:

– Ne commencez pas le film sans moi. Je répare le robinet et je vous rejoins.

Maman, qui assiste mon père, me demande de préparer du pop-corn. C'est ce que je réussis le mieux en cuisine. En fait, ce n'est pas très sorcier. Il suffit de mettre un sac dans le micro-ondes et de rester aux aguets. Quand les grains de maïs n'éclatent plus, il faut cesser la cuisson. Sinon, ça pue vraiment le brûlé dans toute la maison, et surtout dans le micro-ondes. L'horreur!

Maman m'autorise à visionner *Pyjama Party*. En attendant que papa se libère, les gars m'accompagnent au salon. Simon s'empare du bol de pop-corn. Il plonge sa main dedans et enfourne une poignée de maïs soufflé dans sa bouche. Qu'est-ce qu'il peut être goinfre! Je n'oserais pas faire la même chose, car un de mes parents s'offusquerait aussitôt de mon manque de civilité. Une fille doit avoir des manières convenables.

– Simon! s'exclame mon père. Peux-tu faire un peu moins de bruit quand tu manges? Je t'entends jusqu'ici!

Il est évident que papa a déjà atteint la limite de sa patience. Oui, papa est très débrouillard, mais il n'a aucune patience.

Je suis un peu mal à l'aise de démarrer le film, à cause de mon frère et de son ami. Trouveront-ils le scénario trop *quétaine*? Pourvu qu'ils ne pensent pas que c'est moi qui ai choisi ce film. Je me prépare déjà à leurs commentaires négatifs.

– Passe-moi la clé à molette, ordonne papa à ma mère.

Difficile de se concentrer sur le film pendant que mon père mène tout un boucan dans la cuisine. Simon augmente un tantinet le volume de la télévision. Je demande aux gars:

– Vous voulez vraiment écouter ce film?

– On n'a rien de mieux à faire, dit mon frère avant de remplir sa bouche de maïs soufflé.

Je retourne à la cuisine peu de temps après pour mettre un autre sac de pop-corn dans le micro-ondes, mon frère ayant presque tout mangé à lui tout seul.

– Tu n'es pas pour déranger Richard! Il m'a semblé qu'il y avait de la visite chez lui, s'offusque maman alors que papa s'apprête à téléphoner à notre voisin.

– Je suis certain qu'il a ce qu'il me manque.

– Tu ne peux pas attendre à demain, quand les magasins seront ouverts? J'irai te chercher ce qu'il faut.

– Non, non ! J'en ai pour quelques minutes. En attendant, prends ça, dit-il en lui tendant un outil, et enlève les dépôts de calcaire sur ces deux morceaux-là.

Je retourne au salon avec un bol plein. Mon frère s'en empare à nouveau.

– Laisse ! Celui-là est pour Antoine et moi !

Je hais la gourmandise de mon jumeau. Son ventre a souvent le dessus sur son savoir-vivre. Oh ! Je viens de me rendre compte de ma bévue : j'espère qu'il ne pensera pas que j'ai le béguin pour Antoine juste parce que je m'assois à côté de lui ! Le vacarme s'apaise avec le départ de mon père. C'est bizarre... Cet après-midi, j'aurais donné une bonne raclée à Antoine pour m'avoir humiliée, et ce soir, nous sommes assis ensemble, sur la même causeuse, à partager un bol de pop-corn. Je lui jette un œil. Mmm ! Je le déteste, mais ça ne m'empêche pas de le trouver un petit peu mignon. Oh! Il vient de me surprendre en train de le dévisager. Oh! oh! Un feu se déclare sur mes joues. Eh? Depuis quand un garçon me fait-il rougir?

La porte d'entrée claque.

– J'ai trouvé! annonce papa d'une voix heureuse.

Ce ton joyeux ne dure pas: j'entends bientôt des «Voyons!» impatients, des «Pourquoi il ne veut pas retourner à sa place, ce morceau-là?», un «Oh flûte! Ça suinte ici, je vais réparer ça pendant que j'ai les mains là-dedans» et «On ne pourrait pas faire ça demain...?» de la part de maman, qui ne semble pas se réjouir de jouer au plombier un samedi soir. Mais jamais papa ne remettrait à demain ce qu'il peut accomplir aujourd'hui.

Je n'arrive pas à me concentrer sur le film. Pourtant, les gars, eux, sont absorbés par ce qui se passe à l'écran. Peut-être que ce genre peut plaire à la gent masculine, finalement... Il ne faudrait pas que papa surprenne mon frère en train de regarder un film de filles. Il serait inquiet.

La fin est telle que je l'avais prévu: Marie-la-pas-fine est devenue Marie-la-fille-la-plus-jolie-du-lycée-après-que-Joe-le-super-beau-gars-a-gagné-le-plus-important-match-de-football-de-sa-vie. Antoine se lève, s'étire et déclare:

– Mouais, c'était pas pire!

Je suis tellement étonnée que je demande:

– Tu as aimé?

– Oh! Tu sais, ça n'existe pas, des garçons manqués qui deviennent soudain de superbes mannequins. C'est de la fiction.

40

Je hausse les sourcils, estomaquée par l'idiotie qu'il vient de lancer. Je l'assassine du regard. Il ne semble pas du tout impressionné par mon attitude. Sournoisement, il me lance un défi :

– Les vilains petits canards ne deviennent pas tous de magnifiques cygnes. Je serais très surpris de voir quelqu'un changer du jour au lendemain, comme ça ! fait-il en claquant des doigts.

Oh ! que j'ai envie de lui sauter à la gorge ! Mais papa entre dans le salon, ce qui met un frein à mon envie de mordre :

– J'ai terminé de réparer le robinet ! On va écouter notre film de guerre, les gars ?

– Excusez-moi, dit Antoine en regardant sa montre, mais j'ai promis à mes parents de rentrer à 22 heures. Il est temps que je parte.

– Et moi, je suis trop fatigué, ajoute mon frère en bâillant.

Papa est visiblement déçu.

– Tant pis! Je vais l'écouter tout seul.

On dirait qu'il boude. J'offre de lui tenir compagnie:

– Les films de guerre, c'est pas pour les p'tites filles! Tu vas faire des cauchemars.

J'enrage aussitôt:

– Ah! Ce que tu peux être borné avec tes principes du Moyen Âge!

– Moi, borné? Pas du tout, ma fille! Tu sauras que des principes, ça...

Avant qu'il ne s'étende sur le sujet, je choisis d'aller m'enfermer dans ma chambre. Des fois, je trouve que mon père est têtu comme un âne.

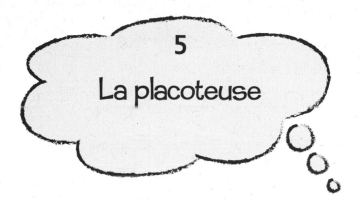

5

La placoteuse

Il y a un matin que je déteste encore plus que le samedi, jour où je dois participer au ménage de la maison. C'est le dimanche matin.

— Sophie, lève-toi!

Je grogne. Je n'ai pas envie de me lever. Je me suis couchée trop tard. J'ai passé plus de deux heures à réfléchir. J'aimerais prouver à Antoine que je peux être féminine, même si j'ai des allures de garçon manqué. Du même coup, peut-être que je vais réussir à faire taire mes parents qui ne cessent de me harceler:

– Tu ne pourrais pas être comme les autres filles...

Quand j'avais cinq ans, cette tirade se terminait par: «... et jouer à la poupée?» À dix ans, ils complétaient par: «... et faire des sports féminins?» Maintenant, ils me cassent les oreilles en disant: «... et porter une jupe?»

Hier soir, je me suis étendue sur mon lit et j'ai tardé à trouver le sommeil. J'étais inquiète: allais-je toujours rester moche? Et puis, qu'est-ce qui me poussait à vouloir être jolie pour la première fois de mon existence? Antoine? Nan!

– Allez, Sophie! Réveille-toi! Il fait super beau!

«Tant mieux», me dis-je, car les dimanches où il pleut deviennent la pire journée de la semaine. C'est toujours la même histoire, depuis le plus loin que je me souvienne.

– Pour avoir une famille unie, il faut vivre unis ! s'amuse à dire mon père.

J'ai beau lui affirmer que nous resterions unis même si, une fois de temps en temps, je passais un dimanche avec mes amies, il tient mordicus à faire des activités en famille, de préférence à l'extérieur. Bien sûr, quand j'étais toute petite, j'adorais ces journées. Nous avons grimpé un tas de montagnes, parcouru des centaines de kilomètres dans les sentiers pédestres, sillonné les pistes cyclables de la région et même d'ailleurs, skié à des températures glaciales, nagé et pêché dans différents lacs. Maman connaît tous les secrets pour réussir les parfaits pique-niques. De la nappe à carreaux au panier rempli de vaisselle et d'ustensiles que nous n'utilisons que pour ces occasions.

Il faut vraiment avoir un empêche-
ment majeur pour ne pas sortir cette
journée-là. Une fois, mon frère souffrait
de fièvre, et moi, j'avais un gros rhume.
Mes parents ont dû se rendre à l'évidence
que nous n'étions pas en état d'aller
gambader joyeusement à la campagne.
Ils avaient la mort dans l'âme. Nous
avons quand même joué à des jeux de
société et fait un pique-nique dans le
salon, mais papa ressemblait à un ours
en cage. C'est à ce moment que j'ai
compris que c'était important pour eux
de sortir et de faire des activités. C'était
presque vital. Aussi vital que dormir le
matin l'est pour moi.

J'ai tenté plus d'une fois de leur
expliquer que faire des activités en
après-midi seulement pourrait tout de
même solidifier nos liens familiaux...
tout en me laissant dormir en paix.
Peine perdue, papa veut absolument
arriver tôt – sinon le premier – sur les
sites, parce qu'ils sont alors moins

fréquentés. Les gens normaux, eux, savent profiter de leurs heures de sommeil! Ces personnes-là vont «bruncher» vers 11 heures alors que nous, nous sommes au resto dès 8 heures, quand ce n'est pas plus tôt encore.

– Au moins, on n'attend pas en file, fait remarquer papa.

J'aime mieux patienter avant d'aller m'asseoir à une table, humer l'odeur du bacon et voir les serveuses passer avec des assiettes garnies qui provoquent des borborygmes dans mon estomac que d'être à moitié endormie quand je reçois mon chocolat chaud avec de la crème fouettée dans un restaurant où nous sommes les seuls clients.

– Sophie! Lève-toi!

Je me contrains à extirper mon corps de mon lit douillet. Je marche comme un zombie jusqu'à la cuisine. Maman m'accueille avec un grand sourire.

Comment fait-elle pour être radieuse tous les matins?

– Est-ce que je peux prendre un café?

– Tu es bien trop jeune! s'exclame mon père.

On dirait que je l'ai scandalisé. Je ne savais pas qu'il y avait un âge légal pour boire du café. Il me semble que je n'ai jamais vu d'affiches à l'épicerie stipulant qu'on interdisait la vente de café à des mineurs.

Je me retiens de soupirer et m'assois devant une assiette garnie d'un œuf, de tranches de cantaloup, de framboises et de kiwis. C'est beau et coloré, ce qui me rappelle que j'ai aperçu, chez mon amie Mimi, une boîte de Froot Loops. Comme j'aurais envie de manger des céréales! Mais chez nous, nous n'avons pas droit à de telles céréales. Mes parents préfèrent que nous mangions seulement des aliments bons pour notre santé, sans sucre ajouté ni gras trans ni agent de conservation.

Maman passe la main dans mes cheveux et replace une mèche rebelle. Une idée me vient:

– Tu pourrais m'amener chez la coiffeuse, bientôt?

– Tu veux faire couper tes cheveux?

Elle et ses questions! J'ai envie de répondre sarcastiquement: «Non! Un bras!» Je me contente simplement d'acquiescer, mais ce n'est pas l'envie qui me manque de la taquiner. Ma mère examine les pointes de mes cheveux et avoue que les couper leur ferait le plus grand bien. Je crois avoir la même coiffure depuis la première année du primaire. Seule la longueur varie entre le haut et le bas de mes omoplates. Ils sont coupés droit, mais personne ne peut vraiment le remarquer, car je les attache toujours en queue de cheval. Je crois que ma métamorphose doit débuter par cette étape. Je me garde d'en parler à maman. Je veux mettre au point certains détails importants, mais c'est avec Mimi que j'ai envie d'en discuter. Oh! Pourquoi faut-il absolument sortir en famille aujourd'hui? Pourvu qu'on n'oublie pas la «placoteuse».

En février dernier, nous sommes allés faire de la raquette à la campagne. Avant de partir, maman voulait s'assurer d'avoir la bonne route, et pour cela, elle désirait téléphoner à tante Diane. Orgueilleux, papa a répliqué:

– Ne la dérange pas, je sais très bien le chemin. J'étais là quand elle a parlé de cet endroit supposément magnifique. Ce n'est qu'à une cinquantaine de kilomètres d'ici.

On a mis deux heures pour se rendre à destination au lieu des 45 minutes prévues. Ce n'est pas parce que papa voulait visiter la campagne en empruntant des routes panoramiques, mais bien parce qu'il s'était perdu et qu'il refusait de s'arrêter à un dépanneur pour demander des indications. Un moment donné, il a bien fallu arrêter pour mettre de l'essence. Maman en a profité pour se renseigner.

Depuis, papa s'est procuré un GPS. Il l'a gentiment surnommé « la placoteuse », car une voix féminine le guide sur la route. Désormais, il n'y a plus de tension entre mes parents quand nous partons en expédition.

J'y pense! Qu'adviendra-t-il le jour où j'aurai un emploi d'étudiante? Serai-je obligée de refuser de travailler les dimanches parce que cette journée compte trop pour mes parents? Oh! Je préfère ne pas y songer, car la fin du monde approche!

6

Le style arbre de Noël

À l'heure du dîner, lundi, mes amies Mimi et Marie-Joëlle s'étonnent que je n'aille pas jouer au hockey-balle. Je préfère rester avec elles et leur faire part de mon plan de métamorphose. Je ne leur en explique pas la réelle raison. Je préfère leur dire que je commence à songer à mon apparence.

– Oh! Ça serait chouette d'aller magasiner ensemble! s'exclame Mimi, excitée.

– Magasiner?

– Mais oui ! On va commencer par renouveler ta garde-robe, précise Marie-Jo.

– Il est très bien, mon placard. Pourquoi m'en faudrait-il un nouveau ?

Mimi lève les yeux au ciel.

– T'acheter de nouveaux vêtements ! soupire-t-elle.

Je la regarde avec un point d'interrogation dans le regard.

– Mais oui, voyons ! Regarde ce que tu portes aujourd'hui !

Je baisse les yeux et examine le logo qui orne mon t-shirt des Blackhawks de Chicago.

– Ce sont mes parents qui vont être heureux. Ils n'arrêtent pas de me pousser à être plus féminine. Je suis d'accord pour m'acheter d'autres chandails.

– Et des jeans, et des souliers, suggère Marie-Joëlle.

– Qu'est-ce qu'ils ont, mes jeans ? Et mes espadrilles sont très bien, non ?

Mes amies échangent un regard. Je comprends en voyant leur air découragé. Je regarde autour de moi et remarque les ballerines de Fanny, le pantalon de Catherine et celui de Dominique. Le mien est trop grand, et mes souliers sont faits pour les sports et trop peu raffinés. Je concède :

– Bon, d'accord, vous avez raison. Mais moi, j'avais plutôt envie de commencer par ma coiffure, et j'espérais que tu m'apprendrais à appliquer du mascara.

– Mais ça ne donnera rien si tu restes habillée en gars ! glapit Marie-Jo.

Je suis un peu déçue par la tournure des évènements. Je pensais que je n'avais qu'à me poudrer pour être différente.

– Et puis, on pourra te faire les ongles, ajoute Mimi.

Je regarde mes ongles. Ils ne sont pas si mal. Je ne les ronge pas, mais ne les entretiens pas non plus. Un peu d'efforts et les résultats seront vite apparents.

Mimi sort un crayon de son étui, puis ouvre son calepin. Elle note tout en réfléchissant à voix haute :

– Alors, on a dit : de nouveaux chandails, des pantalons, des souliers, peut-être une jupe ou deux.

– J'ai horreur des jupes !

– Il te faudra de nouvelles boucles d'oreilles, poursuit Mimi, faisant fi de ma plainte.

– Qu'est-ce qu'elles ont, mes boucles d'oreilles ?

– De petits cœurs en or? C'est pas à la mode. Il te faut des anneaux. De grands anneaux! Ensuite, il faut…

Je jette à nouveau un œil vers Fanny, Catherine et Dominique, qui sont assises à une table près de nous. Je remarque leurs bijoux. J'ai peur que de telles parures me donnent des airs d'arbre de Noël. Le défi me semble trop difficile à relever: je suis et resterai un vilain petit canard.

J'ai peine à me concentrer durant l'après-midi. Je remarque mes consœurs comme si c'était la première fois que je les voyais. Elles portent toutes des vêtements à la mode, des bijoux et de jolis souliers. J'ai vraiment l'air d'une plouc!

À la fin des classes, je me rends joyeusement à mon cours de jonglerie. Ici, je me sens à l'aise. On ne me juge pas, mais on m'encourage et me félicite. Je suis prête pour le numéro que je vais présenter au spectacle de fin de session, qui aura lieu la semaine prochaine. J'ai hâte de voir la réaction de mes parents quand ils découvriront mes talents. Mon professeur ne cesse de dire que je suis douée. Il m'a même invitée à participer à la session intensive qui se déroulera en mai et en juin.

– Habituellement, je n'invite que ceux qui sont âgés de 15 ans et plus.

Mais tu démontres une maturité que ceux de ton âge n'ont pas. Tu es acharnée au travail, et ça me plaît. Si tu fais bonne figure durant la session intensive, tu pourras peut-être te joindre à nous pour la tournée prévue cet été. Si tu veux, je vais appeler tes parents pour en discuter avec eux.

Je m'écrie aussitôt :

– Non ! Attendons après le spectacle. Je veux qu'ils voient mes prouesses avant, dis-je avec un air angélique.

Oh ! Si mes parents savaient ce que je trame ! Mon mensonge au sujet de mes cours de gymnastique commence à prendre de l'ampleur. Comment vais-je leur annoncer que j'aime être une clown qui jongle ?

Je m'empresse de retourner à la maison. Chez moi, on soupe à 17 heures. Seule une partie ou une pratique de hockey de mon frère peut faire en sorte qu'on entrave cette règle.

Je ne sais pas pourquoi, ni quand on a décidé que c'était l'heure idéale pour manger le repas du soir. Maman, qui termine sa journée de travail à 16 heures, doit se hâter de revenir à la maison pour préparer le repas. Mais qu'est-ce qui presse tant ? On ne pourrait pas prendre une collation, relaxer, regarder la télévision ? Mais non ! On n'a pas le droit de regarder la télé la semaine. Maman a peur que ça nous rende paresseux. Si j'avais le droit de regarder Musique Plus, peut-être que j'en saurais un peu plus sur la mode. Je peux bien manquer de connaissances à ce sujet, et Antoine peut bien continuer de croire que je suis un garçon manqué ! Tiens ! Je pense encore à lui. Bizarre...

Parlant d'Antoine, je l'ai croisé aujourd'hui à l'école. Il était avec mon frère et Léa, cette plantureuse déesse aux cheveux blonds. Dès qu'on parle d'elle, mon frère tombe dans les pommes. J'imagine que tous les gars sont comme lui. Quand je suis passée près d'eux, Simon ne m'a même pas vue. Il n'avait d'yeux que pour miss Beauté. Tout comme Antoine. J'ai eu un pincement au cœur. Je pense que... Ce n'est pas facile à avouer, mais je pense que... Zut! J'ai les larmes aux yeux juste à le raconter: je crois que j'étais jalouse. Voilà! C'est dit! Je déteste ce sentiment. Il me va si mal!

J'arrive donc à la maison et je suis surprise de constater que nous avons un invité pour souper: Antoine! Encore lui!

– Pourquoi est-ce que je n'ai pas le droit de voir mes amies durant la semaine alors que Simon, lui, a le droit?

Ça, c'est un autre règlement de mes parents. Durant la période scolaire, ils ne veulent pas que mon frère et moi sortions en soirée, que nous ayons des devoirs ou non. L'hiver, ça ne me dérange pas trop, surtout quand il fait froid. Mais quand vient le beau temps, j'ai très envie de faire de la bicyclette ou simplement d'aller au parc. Ma mère est convaincue qu'il est très dangereux de se déplacer seule, le soir, surtout pour une fille : je pourrais me faire enlever, agresser... Quand j'étais petite, elle me donnait la chair de poule en racontant de sordides histoires de rapt d'enfants. J'ai longtemps eu la frousse et encore aujourd'hui, quand la noirceur tombe, je ne me sens pas très brave. D'ailleurs, il est très rare que je sois dehors, seule, après le coucher du soleil.

Un samedi soir de l'automne dernier, j'ai eu l'autorisation d'aller souper chez Mimi pour son anniversaire. Mes parents devaient venir me chercher vers 21 heures. Pendant le repas, mon amie s'est sentie mal. Vraiment mal. Son visage a enflé et elle avait peine à respirer. Ses parents l'ont emmenée en catastrophe à l'hôpital pour traiter une allergie alimentaire. La grande sœur de Mimi nous a donc priées de retourner chez nous : la fête était terminée. J'ai téléphoné chez moi pour qu'on vienne me chercher, mais personne n'a répondu. Comme toutes les amies partaient à pied, je me suis empressée de rejoindre le groupe qui s'en allait vers chez moi.

Au début, marcher avec Marie-Joëlle et Claudia, alors que le soleil était déjà couché, ne m'inquiétait pas. Mais puisque c'est moi qui habite le plus loin de chez Mimi, je me suis retrouvée seule pour effectuer les 100 mètres qui séparent la maison de Marie-Joëlle de la mienne. Pas besoin de préciser que j'ai couru le plus vite possible. Le pire a été de me frapper le nez sur la porte verrouillée : mes parents et mon frère étaient bel et bien absents. Je me suis recroquevillée dans un coin du portique et j'ai attendu leur retour. J'avais trop peur de retourner seule chez Marie-Jo, mais ce dont j'avais le plus peur, c'était qu'un maniaque m'ait suivie et sache que j'étais prisonnière à l'extérieur de ma maison, devenant ainsi une proie facile.

Quand mes parents sont enfin arrivés, morts d'inquiétude de ne pas m'avoir trouvée chez Mimi, ni chez Marie-Jo, je suis sortie, toute tremblante, du cabanon dans lequel je m'étais cachée. Mon frère a tempêté :

– On ne pourrait pas avoir la clé de la maison, comme tous les enfants de notre âge ? Regardez de quoi Sophie a l'air ! Elle fait pitié !

– Mais on ne peut pas vous laisser seuls à la maison ! a rouspété maman. Vous êtes encore bien trop jeunes !

Durant la période des fêtes, mes parents avaient été invités à une soirée. Quelle honte quand nous avons découvert qu'ils avaient demandé à une fille de deux ans notre aînée de venir nous garder ! Voir si, à 12 ans et 11 mois, on avait besoin d'une gardienne ! Mais avec toutes les peurs qu'ils nous ont transmises, je ne me sens jamais très à l'aise quand je me retrouve seule. Ni quand la porte de ma garde-robe est ouverte lorsque je vais me coucher. Parlant de garde-robe, mes amies m'ont sans doute prise pour une cruche quand elles m'ont parlé de la renouveler et que j'ai pensé qu'il s'agissait d'installer des tablettes... J'espère qu'elles sauront tenir leur langue, sinon ma réputation est foutue.

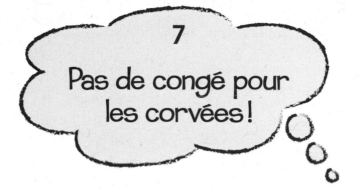

7
Pas de congé pour les corvées!

– Antoine soupera avec nous, parce que ton frère et lui ont un travail d'école à faire ensemble, m'explique patiemment maman.

Donc, si j'ai bien compris, je n'ai qu'à prétexter un devoir en équipe pour voir mes amies? Le problème, c'est que Mimi n'est pas dans ma classe. Soupir. Il me semble que vendredi est bien loin. J'ai hâte de commencer ma métamorphose.

– Maman? On pourrait aller magasiner, en fin de semaine?

– Magasiner? répète-t-elle, surprise.

– Oui, avec Mimi. Elle m'a convaincue d'acheter des trucs plus...

Je regarde autour de moi pour m'assurer qu'Antoine ne peut pas m'entendre. Il ne faudrait surtout pas qu'il se doute que j'ai envie de changer juste pour lui. Juste pour lui? Pourquoi, au fait? Parce qu'il m'a lancé un défi ou parce que j'ai envie de lui plaire?

– Plus quoi?

Au cas où il serait dans les parages, je chuchote la réponse:

– Plus... adolescente.

Ma mère cesse momentanément de hacher un poivron et me dévisage. Un sourire sceptique se dessine sur son visage.

– Et... les porteras-tu ou resteront-ils au fond de tes tiroirs comme le chandail que grand-maman t'a offert pour Noël?

Je m'offusque aussitôt.

– Maman! Avoue qu'il était horrible, ce chandail!

Elle tique puis acquiesce. Nous avons toujours cru que mamie s'était acheté ce chandail trop petit pour elle et qu'elle n'avait pas pu l'échanger. Elle me l'a donc refilé. La couleur était correcte : bleu tendre. Il s'agençait bien avec mes yeux. C'est ce qu'on a tous affirmé lorsque j'ai été obligée de l'essayer. Ce qui jurait, c'était la fleur en paillettes brodée sur le devant. Mon frère a pouffé de rire lorsqu'il m'a aperçue ainsi vêtue. Du regard, je l'ai assassiné. Il a été plus chanceux que moi, il a reçu des pantoufles. D'énormes pantoufles! En fait, ce sont des têtes de diplodocus dans lesquelles il glisse ses pieds. Au moins, lui, il n'a pas à les porter quand nous allons visiter notre aïeule. Lorsque je reçois des vêtements en cadeau, mes parents tiennent à ce que je les porte quand nous rendons visite à celui ou celle qui me les a offerts. Quand j'étais petite, j'aimais ça, je pouvais ainsi parader fièrement devant un oncle ou une tante. Mais à 13 ans, on n'a plus envie de jouer à ce jeu. Plus du tout.

– Alors, on pourrait aller magasiner?

Maman fait la moue, puis attaque à nouveau son poivron.

– Samedi, ton père et moi avons prévu travailler dans les plates-bandes, m'annonce-t-elle. Peut-être que si le temps le permet, nous pourrions même repeindre le balcon.

Je prends un air déçu pour la culpabiliser. Je fais semblant d'avoir une idée de génie:

– Tu me donnerais de l'argent pour que j'aille avec Mimi?

– Toutes seules?

– Ben oui ! Martine, sa mère, peut venir nous reconduire et…

– Il n'en est pas question ! vocifère-t-elle.

Vlan ! Sans ménagement, une tomate vient de se faire trancher en deux.

– Non, mais tu es sans cervelle !

Moi, sans cervelle ? Il faudrait que je lui annonce qu'aujourd'hui, j'ai reçu le résultat du mini-test de mathématiques que j'ai fait la semaine dernière : j'ai obtenu une note parfaite.

– Dans les magasins, quand les caissiers se rendent compte que tu n'es pas accompagnée de tes parents, ils ne te facturent pas le bon montant et encaissent la différence.

– Quand même ! Je ne suis pas si tarte ! Si un chandail coûte 15 dollars et qu'on ajoute les taxes, on ne devrait pas me demander plus de 20 dollars, maman ! On a appris ça en maths, cette année.

– Il y a aussi des voyous qui te surveillent, regardent où tu mets ton argent et n'attendent qu'une occasion pour te le piquer. Pire, il y a des gens qui vont t'offrir de la marchandise volée, mais à bon prix. Si tu manges dans les aires de restauration rapide, des malfaiteurs vont attirer ton attention pendant qu'un acolyte saupoudrera de la drogue sur tes aliments pour ensuite...

– Si magasiner est dangereux, pourquoi y vas-tu aussi souvent?

L'art de couper court à la conversation! Je suis une pro! Je tourne le dos à ma mère et me dirige vers ma chambre.

– Sophie, mets la table, m'ordonne ma mère.

– C'est au tour de Simon, que je réponds.

J'entends un soupir exaspéré:

– Simon est avec un ami. Il est donc dispensé de corvées.

Oh! J'enregistre l'information : si j'ai un travail d'équipe avec une copine, je suis donc libérée de mes corvées! Trop chouette! Mais... pourquoi?

– En fait, explique ma mère, c'est pour que son ami ne se sente pas obligé de l'aider ou pire, qu'il attende tout seul pendant que Simon met la table, lave la vaisselle. Ainsi, ils ne perdront pas de temps et pourront faire leurs devoirs.

Logique. J'enquête encore :

Oui, mais même quand on n'a pas d'amis, on perd du temps avec nos corvées. Du temps que nous pourrions mettre dans nos études.

– Et qui se retrouvera avec tout le boulot? demande ma mère.

C'est bizarre qu'elle me pose la question. Ne sait-elle pas la réponse?

– Ben, toi et papa! Vous avez toujours dit qu'il n'était pas bon pour la santé de ramener du travail de bureau à la maison. Que ce n'était pas bon pour l'esprit de famille, que ça mettait des barrières à nos activités ensemble, que ça pouvait mettre un frein...

– Ça va! Ça va! répète maman, impatiente. J'ai compris. Où veux-tu en venir?

– Pourquoi nous, les étudiants, devons-nous ramener du boulot à la maison? Pourquoi les enseignants nous donnent-ils des devoirs et des leçons, quand eux reprochent au ministère que leurs tâches dépassent largement leur salaire? Pourquoi doit-on faire des heures supplémentaires à notre âge? Il faut savoir relaxer, profiter de la vie, comme vous dites! Il ne faut pas compter nos dîners et nos pauses comme temps libres, car nous sommes à la merci des surveillants qui nous espionnent jusqu'à ce que nous manquions à un règlement. Impossible de décrocher.

Maman cesse de meurtrir la pauvre tomate qui gît entre ses mains. Elle semble tombée des nues. Sa bouche entrouverte me laisse deviner sa surprise.

– Arrête ton cirque et mets la table! m'ordonne-t-elle.

Dommage que je n'aie pas su l'amadouer! En plus, avec son expression, elle m'a rappelé de lui donner l'invitation pour le spectacle.

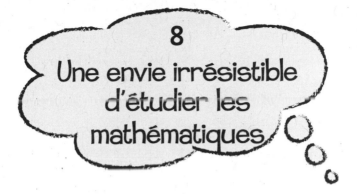

8
Une envie irrésistible d'étudier les mathématiques

L e souper se passe dans une drôle d'atmosphère. D'abord, il y a Antoine. Nous ne sommes pas habitués à être cinq à l'heure du repas. Ensuite, c'est lui qui me fait sentir que notre famille est différente, et je n'aime pas cette impression. Il hausse les sourcils lorsque l'assiette se pose devant lui. Il faut croire qu'il n'a jamais vu un pâté chinois sans purée de pommes de terre, ni viande hachée. Maman adore cuisiner et aime essayer de nouvelles recettes, et surtout y mettre sa touche personnelle. Parfois, on s'exclame haut et fort que c'est très bon. Mais, la plupart du temps, c'est… bof. Ordinaire. Cette fois-ci, elle s'est surpassée. Dans le sens bizarroïde. Il s'agit d'un pâté chinois sans pommes de terre, ni maïs, ni bœuf haché. Et elle ose encore appeler ça un pâté chinois! Les patates ont été remplacées par du riz, le maïs par des tomates et des poivrons, et on retrouve du tofu à la place de la viande. Beurk!

À tous les repas, maman met de la salade sur la table. Elle tient mordicus à ce que nous mangions le nombre exact de portions du *Guide alimentaire* dans une journée. On dirait qu'aujourd'hui, elle a décidé que nous allions toutes les ingurgiter dans le même repas. Ainsi, dans la salade, il y a des pacanes, du thon, des graines de lin, des quartiers de mandarines et des morceaux de fromage. Bien sûr, elle a l'air appétissante, là n'est pas le problème. C'est quand on la marie avec l'espèce de ragoût au tofu que ça se gâte. Il y a tellement de variété dans notre assiette qu'on dirait que maman voulait être sûre qu'Antoine trouve quelque chose à son goût.

– Alors, Simon, commence papa, qu'as-tu le plus aimé aujourd'hui?

À tous les soupers, on doit tour à tour répondre à cette question.

– Bah! Je suis content de faire le travail d'équipe avec Antoine. Et aussi, parce qu'il est là, je n'ai pas à faire mes corvées!

Nous éclatons de rire. Je jette un œil à maman. Elle semble soucieuse. Je sens qu'elle réfléchira au fait qu'elle exige trop de nous. Mais exige-t-elle tant que cela? C'est à mon tour de me poser des questions. La seule réponse qui me vient est qu'il me semble tout à fait normal d'aider mes parents dans les tâches ménagères. Et pourquoi feraient-ils toutes les corvées seuls?

Il faut croire qu'à force de les entendre parler de leurs valeurs, j'ai fini par les adopter aussi! Mais que se passe-t-il avec moi? Me voilà qui donne raison à ma mère. Aaaargh!

Un grand éclat de rire me tire de mes réflexions. J'ai omis d'écouter ce que mes parents avaient à raconter. C'est à mon tour de dire ce que j'ai le plus aimé dans ma journée.

– Je crois que c'est mon cours de cir... gymnastique.

Ouf! J'ai failli commettre une bévue.

– Tu fais de la gymnastique? demande Antoine. À quel endroit?

Maman répond à ma place. Le visage de notre invité s'éclaire.

– Oh! Ma cousine est aussi inscrite à cette activité, à l'école. Tu participeras au spectacle, la semaine prochaine?

– Oui, bien sûr.

– Dans ce cas, je t'y verrai sûrement. J'ai promis à ma cousine d'y aller.

Je rougis aussitôt. Je ne sais pas s'il use de son charme, mais en tout cas, ça fonctionne sur moi. Eh! Mais qu'est-ce que je viens de dire? Que son charme ne me laisse pas indifférente? Ma main bat l'air. Personne ne sait que je suis en train de chasser Cupidon qui virevolte autour de moi avec sa flèche, prêt à me la lancer. J'aimerais bien impressionner Antoine avec mon numéro de jonglerie, comme j'ai su le faire au hockey. À moins qu'il ne s'attende à ce que je fasse des pirouettes aux barres asymétriques Dans ce cas, je vais probablement le décevoir.

– Moi, ce que j'ai le plus aimé aujourd'hui, c'est de souper avec vous, déclare-t-il, tout joyeux.

Maman le trouve adorable, papa aussi. Soudainement, je trouve qu'il beurre un peu épais.

– Chez moi, poursuit-il, c'est très rare que nous mangions toute la famille ensemble. Papa est policier et maman est infirmière. Ils ont des horaires qui varient, parfois de jour, parfois de soir et même la fin de semaine. La gardienne nous permet, à mes petites sœurs et moi, de manger dans le salon, devant la télé. Ça n'arrive pas souvent que nous puissions parler comme vous le faites en ce moment. Vous avez beaucoup de chance.

– Tu as une gardienne?

À son tour de rougir.

– Mes sœurs ont six et huit ans. Mes parents trouvent que je suis trop jeune pour en avoir la responsabilité. Monique est là pour elles et non pour moi, se défend-il.

Sa fourchette se promène dans son assiette, comme s'il ne savait pas quel morceau choisir. Il poursuit:

– Elle cuisine le souper, supervise leurs devoirs, s'assure qu'elles prennent leur bain. Mes parents sont parfois absents la nuit. Alors, Monique reste à coucher. En fait, ce sont mes sœurs qui ont une gardienne, ajoute-t-il pour sauver sa réputation. Parce que moi, je serais bien capable de rester seul.

Moi qui rêve de manger seule, avec pour compagnie la sainte paix, voilà qu'il me fait prendre conscience que ça peut être moche d'être sans ses parents. Les miens se tuent à entretenir un bel esprit de famille, ils sont présents pour mon frère et moi, ils...

– Bah! Des fois, j'aime bien pouvoir jouer au PlayStation quand je le veux. Monique me le permet souvent.

Je me demande ce qui est mieux : un bel esprit de famille ou jouer à des jeux vidéo quand ça nous chante ? De toute façon, c'est une question inutile. C'est impossible qu'un jour maman me laisse seule pour souper. Elle aurait trop peur que je fasse un gâchis ou pire, que je me serve de la cuisinière et la laisse fonctionner sans surveillance, ce qui risquerait de provoquer un incendie.

– Antoine n'a jamais passé l'aspirateur, ni lavé les vitres de la maison, parce qu'ils ont une femme de ménage, nous apprend Simon.

– Chanceux! dis-je tout haut.

Papa réplique aussitôt:

– L'argent épargné sert à payer toutes les sorties que nous faisons chaque dimanche.

– On pourrait faire moins de sorties et en profiter pour être avec nos amis et vous, rendre visite plus souvent à vos parents. Vous vous plaigniez de manquer de temps pour le faire. Maman, tu dis que tu aimerais avoir un plus grand jardin, mais par manque de temps, parce que tu passes ton temps à faire du ménage, tu ne peux pas réaliser ce rêve, et toi, papa...

– Il n'est pas question d'avoir une femme de ménage chez nous ! lance mon père. Oh que non ! Je ne permettrai pas à une étrangère de venir fouiller dans mes effets personnels, d'avoir accès à notre maison, à notre intimité, sans surveillance ! J'ai bien trop d'orgueil pour qu'une personne vienne essuyer mes comptoirs de cuisine, laver ma baignoire, récurer ma toilette et laver mes planchers. Je suis très bien capable de faire tout ça moi-même !

Maman se lève subitement. Sa chaise manque de se renverser. Elle s'empare de son assiette et de ses ustensiles, et déclare :

– Si tu es capable de faire autant de ménage toi-même, comment se fait-il que tu n'essuies jamais les comptoirs, que tu ne laves jamais la baignoire, ni les toilettes et encore moins les planchers ? Pourquoi est-ce toujours moi qui dois faire ces tâches ? Hein ? Embaucher une femme de ménage me semble une très bonne idée. Sophie a raison, j'aimerais bien avoir un plus grand jardin.

Papa fulmine et me lance un regard rempli de reproches. Simon s'empare de l'assiette de son copain et de la sienne.

– T'as fini ?

Il est évident qu'Antoine n'a pas terminé, mais il comprend que ça sent la soupe chaude et qu'il est temps pour eux de retourner faire leurs devoirs s'ils ne veulent pas être témoin d'une scène de ménage. J'espère qu'il saura tenir sa langue et qu'il ne vantera pas le fait que les horaires de ses parents font en sorte qu'il ne les voie jamais se quereller.

Dring! Je me précipite sur le téléphone qui sonne, comme pour sauver ma peau. C'est Mimi.

– J'ai oublié mon manuel de mathématiques et je me demandais si je pouvais emprunter le tien. Si tu l'as, bien sûr, ajoute-t-elle.

– Oui, je l'ai.

– Est-ce que tu avais les problèmes de la page 142 à faire en devoir?

– Oui, hier.

– Pour moi, c'est du vrai charabia. Peux-tu prendre du temps pour m'expliquer ce qu'il faut faire?

J'éloigne le téléphone de mon oreille. Je sais que je vais essuyer un refus, parce qu'il m'est interdit de voir des amies durant la semaine. Mais puisqu'il s'agit de travaux scolaires… Je croise les doigts et demande à maman:

– Est-ce que Mimi peut venir à la maison? Elle ne comprend pas ses mathématiques. Je pourrais lui expliquer.

Maman marmonne une réponse. Elle est dans une bien mauvaise position pour me refuser cette visite puisque Simon, lui, reçoit un ami. Je tiens pour acquis qu'elle accepte juste pour éviter la pagaille que j'ai tendance à semer, ce soir.

Mon amie arrive quelques minutes plus tard. Je viens tout juste de terminer d'aider maman à ramasser les couverts. Comme il reste les casseroles à laver, je me sens mal à l'aise de la laisser seule. Papa, quant à lui, a disparu dans le garage.

– Va! me dit-elle sur un ton fausse-
ment joyeux.

J'hésite. Je m'empare de deux linges
à vaisselle. J'en lance un à mon amie.

– Allez, un petit coup de main!
Après, on attaque les maths!

Maman fait mine de refuser, mais
Mimi, toujours aussi serviable, insiste.

– On n'est pas pour vous laisser
seule avec toute cette vaisselle. Mmm!
Ça sent vraiment bon! Qu'avez-vous
mangé?

J'énumère tout ce qu'il y avait sur la
table. Au fur et à mesure que j'en fais la
description, Mimi hausse les sourcils.

– Je ne t'ai pas demandé ce que tu
as mangé ce mois-ci, mais ce soir!

On se retrouve plus tard dans ma chambre. Mimi ne sort pas ses livres comme je l'avais prévu, mais une pince à épiler.

– Qu'est-ce que tu fais?

– Si je veux procéder à ta méta-morphose, on n'a pas une minute à perdre, dit-elle en s'approchant de moi, prête à me martyriser.

Instinctivement, je recule d'un pas.

– Ah non! Ça fait horriblement mal, ce truc-là!

– Les premières fois, oui, mais tu verras, tu t'endurciras.

J'hésite à la laisser faire. Au premier poil qu'elle arrache de mon sourcil, je ne peux m'empêcher de crier:

– Aïe!

– Sophie? appelle maman du rez-de-chaussée. Vous ne perdez pas de temps, vous faites vos devoirs, hein?

Je m'empresse de répondre :

– Oui, maman !

Je l'entends monter l'escalier. Mimi cache la pince à épiler et sort en vitesse un cahier de son sac. Je lui fais de gros yeux alors que ma mère entre dans ma chambre.

– Vous devriez vous installer sur la table de la cuisine au lieu de vous asseoir par terre.

– Non, ça va, fait mon amie avec son plus beau sourire. C'est agréable comme ça !

Agréable ? Ce n'est pas elle qui se fait épiler. Par chance, ma mère n'insiste pas.

– Ton frère est avec un ami ? demande Mimi, en sortant à nouveau son instrument de torture.

– Oui. Il doit faire un travail d'équipe avec Antoine. Dois-tu toi aussi écrire une nouvelle, dans le cours de français ? Aïe !

– Arrête de bouger! soupire-t-elle. Oui, mais j'ai décidé de l'écrire toute seule.

– Notre prof ne nous a pas donné ce genre de travail. J'aurais bien aimé avoir madame Dulude en français. Tu en as, de la chance! Aïe!

Pendant près de 15 minutes, Mimi s'acharne à me dessiner de beaux sourcils. Quand elle a terminé, elle m'examine en comparant les deux lignes, corrige son tracé à droite, puis sourit enfin:

– Tu es vraiment belle! Détache tes cheveux, m'ordonne-t-elle. Il faudrait que tu cesses de les attacher en queue

de cheval. C'est complètement démodé. Attends, je vais les brosser.

J'ai l'impression d'être une poupée pour Mimi.

– Tu n'avais pas des questions au sujet des problèmes à faire en mathématiques ?

– Ce n'était qu'une excuse pour te rendre visite. Allez, va te voir dans le miroir.

J'obéis de bonne grâce. J'ai hâte de me voir. Mais dès que j'aperçois mon reflet dans le miroir de la salle de bain, je m'inquiète :

– Oh ! C'est tout enflé ! Je vais rester longtemps comme ça ?

Mimi, qui m'a suivie, est visiblement déçue par ma réaction. Elle me rassure, puis m'encourage :

– Regarde comme tu as de beaux yeux ! Tu ne trouves pas que tu ressembles plus à une adolescente qu'à une enfant de maternelle?

Il est vrai que le changement me vieillit. Mon bourreau s'empare d'une débarbouillette et l'imbibe d'eau froide.

– Tiens, mets ça sur tes sourcils, m'ordonne-t-elle. Dans quelques minutes, les rougeurs auront disparu. Tu as dit que ton frère est avec Antoine. Antoine qui?

– Je ne sais pas son nom de famille. Il a les cheveux châtains, porte des lunettes et a de beaux yeux bleus.

– De beaux yeux bleus, hein? Je ne savais pas que tu avais un penchant pour un certain Antoine!

Misère! Je viens de me jeter dans la gueule du loup.

9
La métamorphose du petit canard

Après avoir reconduit mon amie à la porte, je décide d'aller à la cuisine pour boire du lait. J'aurais bien envie de chiper deux biscuits, mais il paraît que de manger du sucre en soirée peut déranger le sommeil. C'est ce que mes parents s'entêtent à affirmer. Je fais fi des gars qui sont attablés, le nez dans leurs cahiers. Je cherche dans les armoires puis dans le réfrigérateur une collation qui calmerait ma fringale. Je m'empare du contenant de lait. Un biscuit accompagnerait vraiment bien mon verre, que je cale d'un trait. Je croise le regard éberlué d'Antoine.

– Quoi ? dis-je, surprise de me faire épier.

Il n'a jamais vu quelqu'un boire du lait ?

– Rien, fait-il en se remettant à écrire.

Mon frère lève la tête.

– Tu as un nouveau t-shirt ?

– C'est Mimi qui me l'a prêté. Tu l'aimes ?

Il laisse sa bouche négligemment ouverte.

– Il est… moulant.

Je l'ai dit à Mimi que son chandail était trop petit pour moi. Elle m'a assurée du contraire, d'après elle, c'est ainsi qu'il se porte.

– C'est la mode ! s'est-elle écriée.

La mode, mon œil ! J'ai l'impression d'être toute nue devant mon frangin et son ami.

– Tu as quelque chose de changé. Tu as détaché tes cheveux, mais il y a encore autre chose, insiste Simon qui se lève.

Antoine cesse de griffonner et porte à nouveau ses yeux sur moi. Je me sens de plus en plus nue.

– Attends-moi, dit Simon à son ami. Je vais à la toilette.

Pourquoi lui dit-il de l'attendre? Où irait Antoine pendant que mon frère est au petit coin?

Je préfère aller lire dans ma chambre plutôt que de supporter son regard. Comme je sors de la pièce, j'entends Antoine dire d'une voix timide:

– Je retire mes paroles: j'ai l'impression que les vilains petits canards peuvent se métamorphoser.

Je reste bouche bée: est-ce un compliment ou dois-je comprendre qu'il m'a autrefois prise pour un laideron?

Je suis tout de même contente que ma transformation porte fruit. Mais ne suis-je pas en train de tomber dans le piège de Cupidon ? Je vole jusqu'à ma chambre, les joues roses de joie.

Je réfléchis longtemps après avoir éteint ma lampe de chevet. Antoine occupe mes pensées, mais autre chose me tourmente également: le spectacle de gymnastique et de cirque approche à grands pas. Je veux tellement que mes parents soient agréablement surpris, qu'ils me trouvent bonne. J'ai peur de rater mon numéro de jonglerie. Depuis un mois, je m'entraîne sur un monocycle. Mon professeur croit que si je réussis à jongler sur un tel appareil, je serai celle qui surprendra la foule par mes exploits. Le problème, c'est que je ne parviens pas toujours à garder mon équilibre tout en jonglant. Pour ma part, je trouve risqué de présenter un tel spectacle si je ne maîtrise pas tout à fait ma technique. J'ai promis à monsieur Grondin, mon professeur, de me rendre à la salle tous les jours à l'heure du dîner, pour m'entraîner.

Et si je n'y arrivais pas?

Tôt le matin, quand j'entre dans la cuisine avec des petits yeux tout endormis, je regrette amèrement de n'avoir pu trouver le sommeil que tard dans la nuit. Maman constate que j'ai mauvaise mine.

– C'est pour cette raison que je ne veux pas que tu voies des amies les soirs d'école.

– Voyons, maman! Mimi est partie avant 20 heures.

J'ajoute en marmonnant:

– Faut quand même pas exagérer, franchement!

J'aurais dû tourner ma langue sept fois dans ma bouche avant de m'exprimer de la sorte : ma mère fulmine ! Je ne croyais pas qu'elle m'entendrait. Je file prendre ma douche. Je préfère éviter les représailles.

Après m'être lavée, je ne laisse pas mes cheveux sécher à l'air libre, comme à l'habitude. Cette fois-ci, j'utilise une brosse et je prends bien mon temps pour me coiffer. Le résultat n'est pas aussi parfait qu'avec le fer plat que Mimi a utilisé pour ma mise en plis hier soir, mais dans l'ensemble, je suis assez satisfaite du résultat.

– Sophie ! appelle maman en tambourinant sur la porte de la salle de bain. Qu'est-ce que tu fabriques ? Il est 8 heures et tu n'as toujours pas déjeuné ni fait ta chambre.

Aaaargh ! J'aimerais qu'elle cesse de m'embêter avec le ménage de ma chambre. C'est irritant, à la fin !

Qu'adviendrait-il si jamais un seul matin, un tout petit matin, je ne faisais pas mon lit? Est-ce que la Terre cesserait de tourner? Est-ce qu'on en parlerait dans les journaux? Quelle est l'importance de faire son lit tous les matins, sans faute? De toute façon, je dois le défaire le soir pour me coucher. C'est un cercle vicieux, non? Je fais mon lit le matin, je le défais le soir et, comme une cruche, je le fais à nouveau le lendemain matin pour mieux le défaire le soir. C'est idiot. Qu'est-ce que ça m'apporte dans la vie? J'ai déjà posé la question à maman et elle m'a simplement répondu:

– La satisfaction de voir que tout est en ordre et bien rangé.

Le problème, c'est que moi je n'en tire aucune satisfaction. Ça ne me fait ni chaud ni froid de voir les couvertures bien disposées sur mon lit.

– Grouille, Sophie! Je veux me brosser les dents, s'impatiente mon frère.

Je pousse un long soupir. Je sors de la salle de bain en martelant le plancher. Mon frérot me dévisage.

– Il était temps!

– Pfft!

Je ne vois pas son demi-sourire s'esquisser. Je m'en rends compte seulement quand je me tourne vers lui en entendant son compliment:

– Mais ça en valait la peine. Tu es vraiment jolie! Qu'as-tu donc changé?

Je lui lance mon plus beau regard en espérant qu'il remarque mes nouveaux sourcils. Comme il est mon jumeau, je suis persuadée qu'il saura déceler ce qu'il y a de nouveau chez moi. Je m'enferme ensuite dans ma chambre dans le but de m'habiller. J'enfile le t-shirt que Mimi m'a prêté. Tous mes jeans sont laids, j'en prends brusquement conscience. Je choisis le moins pire de tous.

– Dépêche, Sophie!

C'est maman qui vient de crier. Je commence à comprendre pourquoi certaines de mes amies se lèvent deux heures avant de partir pour l'école: c'est pour avoir le temps de se pomponner en paix! Je jette un dernier regard dans le miroir et j'hésite: j'aime l'image que je projette, mais ça me ressemble si peu...

– Tiens, prends ce muffin, dit maman quand je reviens dans la cuisine.

C'est à peine si elle me regarde, et c'est tant mieux! J'ai peur qu'elle rouspète à propos de mon nouveau style. Elle jette malgré tout un œil sur moi quand mon charmant frère ose dire:

– Je n'avais jamais remarqué que tu avais des seins!

Oh! L'effronté! Comme j'ai le goût de lui sauter à la gorge!

– Qui a des seins ? répète maman, outrée d'entendre ce mot.

– Ma sœur a des seins ! Ma sœur a des seins !

– Simon ! le gronde-t-elle.

– Ta gueule !

Le silence se fait tout à coup. Je crois avoir lancé un mot pire que celui de mon frère. Nous nous regardons tous les trois, un peu surpris.

– Je vais aller préparer mon sac d'école, marmonne Simon.

– Et moi, je vais aller faire mon lit, dis-je en me sauvant.

– C'est bien, il me reste de la vaisselle à ranger, fait maman.

Je n'ai jamais été aussi heureuse d'aller faire mon lit. Il y a vraiment de bons côtés à avoir une chambre propre, et je viens d'en découvrir un.

10

Il faut souffrir pour être belle

Ce n'est que ce soir-là que maman remarque que je me suis épilé les sourcils.

– Tu aurais dû m'en parler avant!

– Pourquoi?

– J'aurais aimé que tu me demandes la permission.

Il est évident qu'elle est mécontente.

– Maman, est-ce qu'on pourrait faire un livre des règlements de cette maison? Il me semble qu'on passerait moins de temps à se disputer si je savais d'avance ce que j'ai le droit de faire et ce qui m'est interdit.

Elle hausse les sourcils, dépassée par ma demande.

– On ne peut pas avoir un code juridique ici, voyons! Il faut simplement agir selon le gros bon sens.

– Et qu'est-ce qui n'a pas d'allure dans le fait de s'épiler les sourcils à mon âge? Toutes mes amies le font depuis l'été passé.

Maman soupire puis prend une longue inspiration avant de s'expliquer:

– Ce qui me choque, c'est que tu ne m'as pas demandé mon aide, tu as préféré t'adresser à Mimi. Ce sont des choses qu'une mère doit montrer à sa fille.

J'explose aussitôt:

– C'est pour cette raison que j'aimerais bien que nous ayons un livre de lois.

Ainsi, je saurais qu'il y a des choses que tu ne tolères pas quand moi, je crois bien agir. Mon bon sens à moi me disait que c'était correct, que je ne faisais rien de mal!

Ce n'est pas tout à fait vrai. Dans le fond, j'aurais eu peur d'essuyer un refus si je lui avais demandé de m'épiler les sourcils. Elle me voit encore comme une enfant.

– Si tu m'en avais parlé, je t'aurais amenée chez l'esthéticienne.

Ouf! Je l'ai échappé belle! Elle m'a amenée une fois chez la tortionnaire. C'était un peu avant Noël. J'avais remarqué, dans mon cours d'éducation physique, que mes jambes étaient couvertes de poils alors que mes compagnes de classe, pour la plupart, ne semblaient pas avoir ce problème. Marie-Joëlle m'avait confié qu'elle utilisait des crèmes dépilatoires. J'en ai parlé à maman, qui a ensuite examiné mes jambes, qu'elle a jugées correctes. J'ai dû insister et lui avouer que j'étais plutôt mal à l'aise lorsque je devais me mettre en shorts.

– Et quand tu mets ton maillot de gymnastique?

Je ne pratique pas la jonglerie avec un justaucorps, mais avec un sur-vêtement de sport. Parfois je reste même en jean. Il m'arrive de mettre le maillot au lavage pour ne pas semer le doute. Ce mensonge commence vraiment à peser lourd sur mes épaules et sur ma conscience. J'ai donc dû lui mentir une fois de plus en lui disant qu'en effet, j'avais l'air moche lorsque j'étais à la gymnastique avec mes jambes de gorille. Elle a enfin consenti à ce qu'on remédie au problème, mais elle a affirmé que ni elle ni moi ne détenions la solution, et qu'il était par conséquent préférable de rencontrer Christine, son esthéticienne, pour qu'elle donne son avis.

Maman aurait dû m'avertir que je devais enlever mon pantalon chez l'arracheuse de poils. J'étais tellement gênée! Après, elles ont toutes les deux regardé mes mollets et parlé entre elles comme si je n'existais pas. Puis, elles ont décidé qu'il valait mieux enlever ces poils. Christine a étendu une pâte chaude sur ma peau. Elle aurait dû m'expliquer avant le principe de l'épilation à la cire chaude. Marie-Joëlle m'avait parlé d'une crème qu'on appliquait, on attendait un peu et hop! sous la douche, tout partait comme par enchantement. Christine a plutôt appliqué une bandelette sur la cire puis elle a tiré d'un coup sec. Vlan!

– Ayoye !

Je n'ai pas pu m'empêcher de crier. J'en voulais à maman et à Christine de ne pas m'avoir prévenue que j'aurais mal. Je me crispais chaque fois que mon bourreau était sur le point de tirer sur le morceau de tissu. Mes yeux flottaient dans l'eau. J'avais envie de hurler qu'on m'achève plutôt que de me torturer de la sorte. Christine m'a ensuite demandé de me coucher sur le ventre. La peau derrière mon genou est la zone la plus sensible de tout mon corps. Je n'en avais jamais eu conscience jusqu'à ce moment fatidique.

– Ayoye ! Ça fait donc ben mal !

J'ai entendu un petit rire.

– Il faut souffrir pour être belle ! m'a-t-elle dit.

Je ne voulais pas être belle, je voulais simplement ne plus avoir de poils sur mes jambes. Il faut dire qu'au cours d'éducation physique suivant, j'étais bien fière d'être en shorts et d'avoir d'aussi belles jambes que mes compagnes. Mais quand est venu le temps de récidiver, j'ai préféré essayer la crème dépilatoire un soir où je couchais chez Marie-Jo. C'était bien plus simple, et surtout, moins douloureux. Par contre, c'était aussi moins efficace.

Donc, si maman m'avait amenée chez Christine pour épiler mes sourcils, j'aurais eu vraiment peur que cette bonne femme applique de la cire sur mon visage.

– Mais non, ma chérie, me rassure maman. Christine aurait utilisé une pince. Elle a seulement plus d'expérience que ton amie Mimi, et elle aurait dessiné sans bavure tes nouveaux sourcils. Christine est une artiste et tu devrais lui faire confiance. Elle connaît tous les secrets des soins esthétiques et du maquillage. Je n'en connais pas de meilleure qu'elle.

Je veux bien la croire, mais voilà! Il est trop tard. Elle est visiblement déçue de moi. N'empêche qu'elle me lance timidement:

– Tu es jolie, ainsi…

Cette remarque me met un baume sur le cœur.

– Et comment s'est passée ta classe de gymnastique, ce midi?

– Très bien!

J'aurais bien envie de lui raconter que j'ai réussi toute ma routine sur le monocycle, presque sans effort. Mon entraîneur était si fier de moi! Oh! J'espère que mes parents le seront tout autant.

La semaine a passé à une vitesse vertigineuse. Comme maman a catégo-riquement refusé que j'aille au centre commercial seule avec mon amie, elle m'offre de m'accompagner vendredi soir. Je me retiens de faire la moue. C'est avec Mimi et Marie-Joëlle que je voulais y aller. Il me semble qu'elles me donneraient de meilleurs conseils que ma mère. De plus, je dois avouer que j'ai vraiment peur que maman me traîne dans l'un de ses magasins pour «madame». Elle ne doit pas connaître les boutiques qui branchent les jeunes. Je me vois déjà vêtue d'une blouse, d'un veston, d'une jupe droite et, cauchemar, de bas-culotte en nylon. Cette image me fait frémir. Je demande :

– Ça ne te dérange pas si mes amies nous accompagnent ?

– Oh ! J'aurais aimé qu'on soit toutes seules, ensemble. Une soirée mère et fille. Les gars commanderont une pizza, et nous en profiterons pour aller au resto, juste nous deux.

Elle semble tellement y tenir que je ne peux pas refuser. Je dois rapidement poser mes conditions :

– D'accord, lui dis-je, mais est-ce qu'on pourrait arrêter à la boutique où mes amies m'ont conseillé d'aller jeter un œil ? Il paraît qu'on y trouve de vraies aubaines.

Le mot « aubaine » a un effet magique ! Maman accepte ! Fiou ! Je peux effacer l'image de moi vêtue comme une femme d'affaires et rêver de vêtements à la mode.

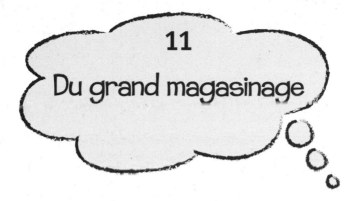

11
Du grand magasinage

Quelques minutes après être entrées dans le magasin à la mode, nous rencontrons Lynette. Ma mère déteste secrètement cette femme, parce que lorsqu'elles étaient jeunes, elle s'est moquée de l'habillement de ma mère pendant une récréation à l'école. C'est elle qui aperçoit ma mère la première :

– Monique! Quelle belle surprise! Il y a des lunes que je ne t'ai vue!

Maman grimace un sourire. Je suis certaine que, lorsque nous nous retrouverons dans l'auto, elle ne se gênera pas pour ronchonner. La présence de Lynette l'agace. Moi, c'est l'accent hautain de sa voix qui m'agresse aussitôt.

– Mais c'est ta fille ! s'exclame Lynette, de sa voix haut perchée. Comme elle est jolie !

C'est drôle, mais j'ai l'impression que maman baisse légèrement les armes.

– Comme ils grandissent vite, nos enfants ! C'est fou, n'est-ce pas ?

L'une de ses filles nous interrompt. Elle montre à sa mère un chandail que je trouve sublime. Elle n'a qu'à faire des yeux doux pour l'obtenir.

– Tu l'aimes ? Alors, prends-le ! lance-t-elle sans regarder le prix.

Je connais Élizabeth. C'est l'une des filles les plus en vue de notre école. Je n'ai pas besoin de le dire à maman, elle s'en rend compte par elle-même. Les mèches dans les cheveux, le mascara, les faux ongles, rien ne manque à miss Mannequin.

Avec maman, j'entreprends l'inventaire complet de la boutique. Tout y passe, chandails, pantalons, jupes, même les souliers qu'ils ont en petites quantités, mais en belle qualité. Maman retrouve le même chandail qu'Élizabeth a choisi. Il est hors de prix. Pourtant, elle insiste pour que je l'essaie. Ce geste me surprend tellement de la part de ma mère que j'en reste bouche bée. En fait, j'essaie tout ce qu'Élizabeth et sa sœur emportent dans leur cabine. Au fur et à mesure que je parade, en même temps que la progéniture de l'ennemie jurée de ma mère, j'entends des: «Ça te va à merveille, on le prend! Oh! Ça aussi, c'est très joli!» Pourtant, quand vient le temps de choisir ce que je veux acheter, j'hésite. Il serait si facile d'accepter de tout prendre. J'opte pour deux chandails, un jean et une paire d'escarpins qui est soldée.

– Ta fille est si raisonnable ! soupire Lynette. Les miennes ne savent pas la valeur de l'argent et elles sont si capricieuses. Je t'envie vraiment !

Maman lui fait un large sourire, vainqueur, alors qu'Élizabeth et sa sœur braillent pour avoir une tonne de vêtements. Elle perd pourtant son air triomphant quand je me prends le pied dans un présentoir et que je m'affale de tout mon long. On ne perd pas ses habitudes de petit canard du jour au lendemain.

Après le sacro-saint ménage du samedi matin, je vais chez Marie-Joëlle, où je passe tout le reste de la journée avec elle et Mimi. Étonnant de ma part, puisque je sais bien que mon jumeau organise une partie de hockey dans la rue. Je trouve amusant que mes amies me fassent les ongles, qu'elles me montrent comment me maquiller. J'aurais bien aimé rester avec elles pour souper, mais maman a refusé à cause du spectacle de demain.

– Tu dois être en forme, m'a-t-elle recommandé. Je préfère que tu reviennes tôt et que tu te couches de bonne heure.

Quand je retourne à la maison, toute la bande est encore dans la rue. J'ai un pincement au cœur. Il me semble que j'ai raté un bel après-midi. Pas drôle de devenir un cygne… Surtout quand des escarpins nous martyrisent les pieds.

– Hé! Attends!

Antoine me rejoint juste avant que j'entre chez moi. J'étais certaine qu'il me complimenterait, au lieu de quoi il ne fait que m'informer:

– J'ai hâte d'aller te voir demain. J'ai de la misère à t'imaginer en gymnaste, mais je suis certain que tu vas me surprendre.

Oh! Pour le surprendre, je suis sûre que je vais réussir.

– Tu ne viens pas jouer avec nous? s'empresse-t-il d'ajouter.

Je pars en lui clouant le bec:

– Oh non! Je suis bien trop occupée à être féminine!

Je rejoins papa à l'arrière de la maison. Il peinture les barreaux de la galerie.

– Tu veux que je t'aide?

– Oui, bien sûr, répond-il à mon grand regret.

Je vais me changer et reviens lui prêter main-forte. Le soleil est sur le point de se coucher quand ma mère m'oblige à entrer pour aller prendre mon bain. Elle répète qu'il est important que je me couche tôt à cause de la représentation.

– Mais qu'est-ce que tu fais ? demande-t-elle à mon père.

– Je vais installer des lumières d'appoint pour éclairer le balcon et finir la peinture, explique-t-il.

– Tu ne peux pas terminer demain ? Tu auras amplement le temps avant le spectacle de Sophie.

Obstiné, papa lui répond qu'il préfère finir ce qu'il a commencé. Lui et son principe de ne pas remettre à demain ce que l'on peut faire aujourd'hui… C'est tellement borné comme attitude ! Et maman qui a peur que je ne sois pas en forme demain si je ne me couche pas tôt…

Beaucoup plus tard, je tourne en rond dans mon lit. Maman m'a rendue anxieuse : s'il fallait que je n'aie pas un bon sommeil, je ne serais sûrement pas en forme demain et je pourrais même rater mon numéro. Elle et ses peurs !

Elle a réussi à me contaminer. Je me lève et vais regarder par la fenêtre de ma chambre. Je vois mon père, qui est toujours dehors en train de peinturer. C'est idiot d'être aussi têtu. Il aurait pu passer une belle soirée avec maman au lieu d'être avec son pinceau.

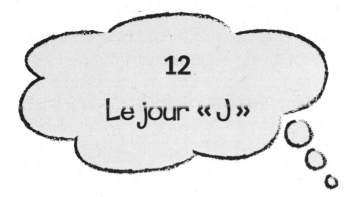

12

Le jour « J »

Voilà! On est dimanche. Comme nous ne faisons pas notre sortie dominicale, papa ressemble à un prisonnier qui tire son boulet. Ça m'ennuie un peu de le priver de s'aérer. Je campe devant la télé. Je tombe sur une émission où on présente le Cirque du Soleil. Papa, affalé dans son fauteuil préféré, écoute avec intérêt. À mon grand soulagement, je l'entends dire:

– Ouais! Faut le faire! Ce sont vraiment de grands athlètes!

– Oui, ils sont fabuleux! Euh… que dirais-tu si j'étais aussi bonne qu'eux? Si un jour je faisais partie du Cirque du Soleil?

Je retiens ma respiration.

– Je dirais que… c'est un miracle! lance-t-il en souriant. Sérieusement, je te dirais «Bravo!» Parce que faire partie du Cirque du Soleil, c'est… c'est un peu comme être repêché par le Canadien de Montréal, tu comprends? Tout le monde en rêve, mais il y a peu d'élus.

Il faut toujours qu'il compare tout au hockey.

– Tu disais que les clowns n'étaient bons que pour les enfants!

– Oui, mais… eux, le Cirque du Soleil, c'est… c'est pas pareil!

Allez, je prends mon courage à deux mains et demande:

– Et si j'étais un de ces clowns?

Il me jette un coup d'œil rieur:

– Tu veux me punir parce que je ne t'ai pas laissée jouer au hockey comme ton frère?

J'ai soudain envie de ne plus aller au spectacle. Il sera tellement déçu! À mon grand étonnement, il ajoute:

– Voyons, Sophie! C'est pas parce que tu ne fais pas de hockey que je ne vois pas tes qualités. Je sais depuis longtemps que tu me surprendras toujours.

Un élan de tendresse me pousse vers lui:

– J'espère que tu seras fier de moi, lui dis-je en l'embrassant sur la joue.

Maman me rappelle qu'il est l'heure de partir. Elle me fait mille et une recommandations. Papa, quant à lui, me confie qu'il a bien hâte de me voir enfin faire un sport féminin et agir comme les filles de mon âge. Je commence à être sérieusement stressée.

Je ne peux plus reculer. Le gymnase est plein à craquer. Il y a d'abord des démonstrations à la poutre, aux barres, au cheval-sautoir puis au sol. Je ne prends part à aucun de ces numéros. Mes parents doivent se poser bien des questions. L'entraîneur annonce enfin :

– Cette année, nous nous sommes associés à l'école provinciale de cirque. Eh bien ! Voici nos talentueux élèves !

Les numéros se succèdent sans interruption. L'un parade sur un fil de fer, deux plus vieux nous font une magnifique démonstration aux trapèzes et après, un groupe d'acrobates montrent leurs exploits aériens à l'aide d'agrès de tissu. Tout le monde retient son souffle quand ils exécutent des manœuvres périlleuses. Ensuite viennent les pyramides humaines et les acrobaties au sol. Finalement, on annonce le dernier numéro:

– Et voici nos clowns, Victor, Catherine, Frédéric, Vincent et Sophie!

Deux clowns sur des échasses réussissent à arracher des éclats de rire aux spectateurs, autant les jeunes que les plus vieux. Frédéric et Vincent montent sur de gros ballons. Ils joignent l'art clownesque à celui de l'équilibre. Dans quelques secondes, ce sera à mon tour d'aller sur la scène. J'ai la gorge serrée et j'ai horriblement chaud. Ça n'a rien à voir avec mon costume, c'est bel et bien le stress qui me fait suer. Je prends une longue inspiration et j'y vais. Je mets pied à terre dès le premier mètre parcouru. Mon entraîneur m'encourage du regard, et les paroles de papa me reviennent:

– Tu me surprendras toujours!

Dès lors, plus rien n'existe. Je monte à nouveau sur mon monocycle et je fonce. Je n'entends plus les «Oh!» et les «Ah!» du public, il n'y a que mes balles, mon monocycle et moi. Je me concentre du mieux que je le peux sur les balles que je fais maintenant valser. Mon cœur tambourine dans ma poitrine, mais je n'y prête pas attention. Mes mains sont moites, mais elles n'empêchent pas les balles de virevolter au-dessus de ma tête. Je me déplace sans erreur. Je me sens tellement en confiance que j'ajoute, à la toute fin, un élément à ma routine. Je devais m'arrêter près de Frédéric pour qu'il m'aide à m'immobiliser, puis à descendre de mon engin. Mais voilà que je lance une dernière balle dans les airs, saute de mon monocycle, fais un tour sur moi-même et attrape enfin ma balle. Comme si on avait répété mille fois ce mouvement, Fred se tient derrière moi et empêche le monocycle de tomber. Je comprends ce que je viens de réussir en même temps que je vois les visages ébahis des spectateurs. Un grand bonheur entre dans mes poumons en même temps que j'inspire.

Un tonnerre d'applaudissements me fait rosir les joues. Je cherche mes parents dans la foule. Papa est bouche bée. Maman aussi. Seul mon frère applaudit. À ses côtés, Antoine semble déçu. Mes épaules s'affaissent et je perds mon sourire. Je salue quand même la foule et vais ranger mes instruments, le dos légèrement voûté. Je m'apprête à retrouver les miens. J'ai peur de recevoir une pluie de reproches.

– Tu étais géniale ! s'écrie Simon. Tu as un sacré talent ! C'est vraiment une belle surprise que tu nous as faite !

– Cette conversation, ce matin... suppose mon père, les sourcils froncés, c'était pour me prévenir de ce que tu nous réservais ?

Voilà que mon entraîneur me sauve la vie en venant serrer la pince à mes parents.

— Vous devez être fiers de votre fille! Je n'ai jamais eu d'élèves aussi talentueux qu'elle. Elle a de grandes qualités: elle est travaillante et acharnée. Sophie a du cœur au ventre. Des filles comme elle, il n'y en a pas beaucoup.

Ça me fait un velours d'entendre tous ces compliments. J'ose jeter un œil sur mes parents, qui me reprochent tellement de ne pas être comme les autres filles de mon âge.

— En tout cas, nous sommes vraiment abasourdis! avoue papa, à peine remis de ses émotions.

— J'ai toujours dit que ma fille avait du talent et retenait de moi! lance ma mère, toute fière.

— Tu as des talents, toi? demande mon frère.

Ma mère le foudroie du regard et ajoute:

– J'ai toujours été très bonne à la corde à danser.

C'est alors que monsieur Grondin leur annonce son intention de m'inscrire à la formation réservée aux plus vieux afin de partir en tournée durant l'été. Mes parents sont d'abord réticents.

– Je n'ai aucune envie que ma fille devienne clown! proteste mon père.

– Papa! Au lieu d'aller dans un camp de vacances traditionnel, pourquoi ne puis-je pas partir avec la troupe? Être clown, c'est mon rêve. Ce n'est pas le tien, je le sais. Laisse-moi être celle que j'ai envie d'être. Rappelle-toi ce que nous nous sommes dit ce matin: je serai celle qui te surprendra toujours.

Je suis interrompue par les autres clowns, qui sont habillés comme moi. Ils m'enlèvent et me hissent au bout de leurs bras :

– Hip ! hip ! hourra ! Notre Sophie a réussi !

J'ai le cœur gros quand je me change dans le vestiaire. Je devrais être aussi heureuse que mes compagnons, mais ce n'est pas le cas. En sortant, je tombe face à face avec Antoine. Il me tend une rose qu'il cachait derrière son dos.

– Tu dois être déçu de constater que je n'étais pas un cygne, mais une clown.

Un doux sourire s'affiche sur son visage.

– Le plus beau clown du monde ! murmure-t-il avant de déposer ses lèvres sur les miennes.

Je suis certaine que la Terre a arrêté de tourner. Antoine sourit en coin devant mon air hébété. Il m'enveloppe de son tendre regard.

– Tu es la fille qui m'impressionne le plus depuis le jour où j'ai joué au hockey contre toi.

Ses joues rosissent. Il me fait un clin d'œil et s'enfuit aussitôt. Je reste là, prenant lentement conscience de ce qui vient de se passer. Un large sourire se dessine sur mes lèvres. Quelqu'un me bouscule en sortant du vestiaire. La réalité me rattrape trop rapidement. Je marche quand même sur un nuage en allant retrouver mes parents. Ils sont en grande discussion avec la directrice de l'école de gymnastique et de cirque.

– Oh ! Voilà notre prodige, lance-t-elle en m'apercevant.

Mes parents esquissent un sourire.

– J'ai toujours su que ma fille n'était pas comme les autres, affirme papa en m'entourant de son bras. Au fond, je n'ai jamais voulu l'admettre, mais je suis fier qu'elle soit unique en son genre.

C'est drôle, mais on dirait qu'il avait un trémolo dans sa voix.

– Très fière, moi aussi, ajoute maman.

– Pas question, cette fois, de m'entêter… et de laisser un pareil talent se gaspiller.

Ça me prend quelques instants pour comprendre que mes parents ont accepté que je suive le stage et que je parte avec la troupe. Je leur saute au cou et les étreins. Les larmes aux yeux, nous saluons la directrice. Je me demande ce qu'elle a bien pu leur dire pour qu'ils changent leur fusil d'épaule. Bah! L'important, c'est qu'ils apprécient enfin ce que je suis, et ce que j'aime.

À la maison, quelques amis, dont Antoine, attendent mon frère pour jouer au hockey.

– Tu viens, Sophie ? crie Antoine, le regard plein d'espoir.

Je cherche l'approbation dans les yeux de mon père.

– Allez, va!

C'est en riant que je m'empare d'un bâton de hockey. Avant de m'enfuir, j'ai le temps d'entendre ma mère soupirer:

– Oh oui! Elle est unique! Et c'est tant mieux!

Papa entoure les épaules de maman. En gambadant vers mes amis, je pense: «Après tout, mes parents ne sont peut-être pas aussi bornés que je le croyais...»

MOT SUR L'AUTEURE

Josée Pelletier n'est pas bornée. En effet, elle change d'idée aussi souvent qu'elle change de chemise. Elle a d'abord étudié en informatique au cégep, puis en comptabilité  à l'université pour ensuite s'adonner à l'écriture. C'est dommage, parce que si elle était un tantinet bornée, elle serait restée dans le domaine de l'informatique et qui sait, peut-être serait-elle devenue le bras droit de Bill Gates!

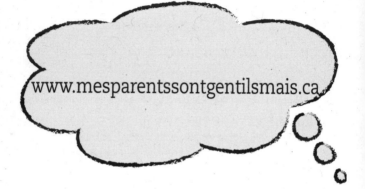

Mes pArents sont Gentils mAis...

ILLUSTRATRICE : MAY ROUSSEAU

Série Brad

Auteure : Johanne Mercier
Illustrateur : Christian Daigle

www.legeniebrad.ca